GEORGE R. R. MARTIN

KÖNIGSFEHDE
DAS LIED VON EIS UND FEUER

BAND 2

GEORGE R. R. MARTIN

KÖNIGSFEHDE
DAS LIED VON EIS UND FEUER

BAND 2

COMIC-ADAPTION: LANDRY Q. WALKER

ZEICHNER: MEL RUBI

FARBEN: IVAN NUNES

ÜBERSETZUNG: KERSTIN FRICKE

LETTERING: MICHAEL BECK

COVERILLUSTRATION PAPERBACK & HARDCOVER:
MIKE S. MILLER UND MEL RUBI
FARBEN: NANJAN JAMBERI & OMI REMALANTE, JR.

GEORGE R.R. MARTIN: KÖNIGSFEHDE Band 2

Englische Originalausgabe: *A Clash of Kings: The Graphic Novel: Volume 2*, published in the United States by Bantam Books, an imprint of Random House, a division of Penguin RandomHouse LLC, a Penguin Random House Company, New York. Bantam Books and the House colophon are registered trademarks of Penguin Random House LLC. All characters featured in this book, and the distinctive names and likenesses thereof, and all related indicia are trademarks of George R. R. Martin. It is a work of fiction. Names, characters, places, and incidents are theproducts of the authors' imaginations or are used fictitiously. Any resemblance to actual events, locales, or persons,living or dead, is entirely coincidental.

Copyright © 2019 by George R. R. Martin. All rights reserved.

Graphic novel interior design by Foltz Design.

Die deutsche Ausgabe wird von der **Panini Verlags GmbH** herausgegeben, Schloßstraße 76, 70176 Stuttgart. **Geschäftsleitung**: Hermann Paul; **Head of Editorial**: Jo Löffler (v.i.S.d.P.); **Head of Marketing**: Holger Wiest (E-Mail: marketing@panini.de); Redaktion: Steffen Volkmer, Claudia Hahn; Übersetzung: Kerstin Fricke, Grafik und Lettering: Michael Beck, Letter Factory; **Produktion**: Sanja Ancic; gedruckt in Italien.

Vertriebsservice: stella distribution, Hamburg, Fax: 040/808053050. **Presse & PR**: Steffen Volkmer

DGATH006
1. Auflage, November 2019,
ISBN Softcover 978-3-7416-1419-4, ISBN Hardcover 978-3-7416-1420-0,
Digitale Ausgaben: 978-3-7367-5003-6 (PDF), 978-3-7367-5004-3 (MOBI), 978-3-7367-5005-0 (EPUB)

Findet uns im Netz:

PaniniComicsDE

www.paninicomics.de

INHALT

KAPITEL 9
SEITE 1

KAPITEL 10
SEITE 22

KAPITEL 11
SEITE 44

KAPITEL 12
SEITE 66

KAPITEL 13
SEITE 88

KAPITEL 14
SEITE 110

KAPITEL 15
SEITE 132

KAPITEL 16
SEITE 154

COVERGALERIE
SEITE 176

KAPITEL #9

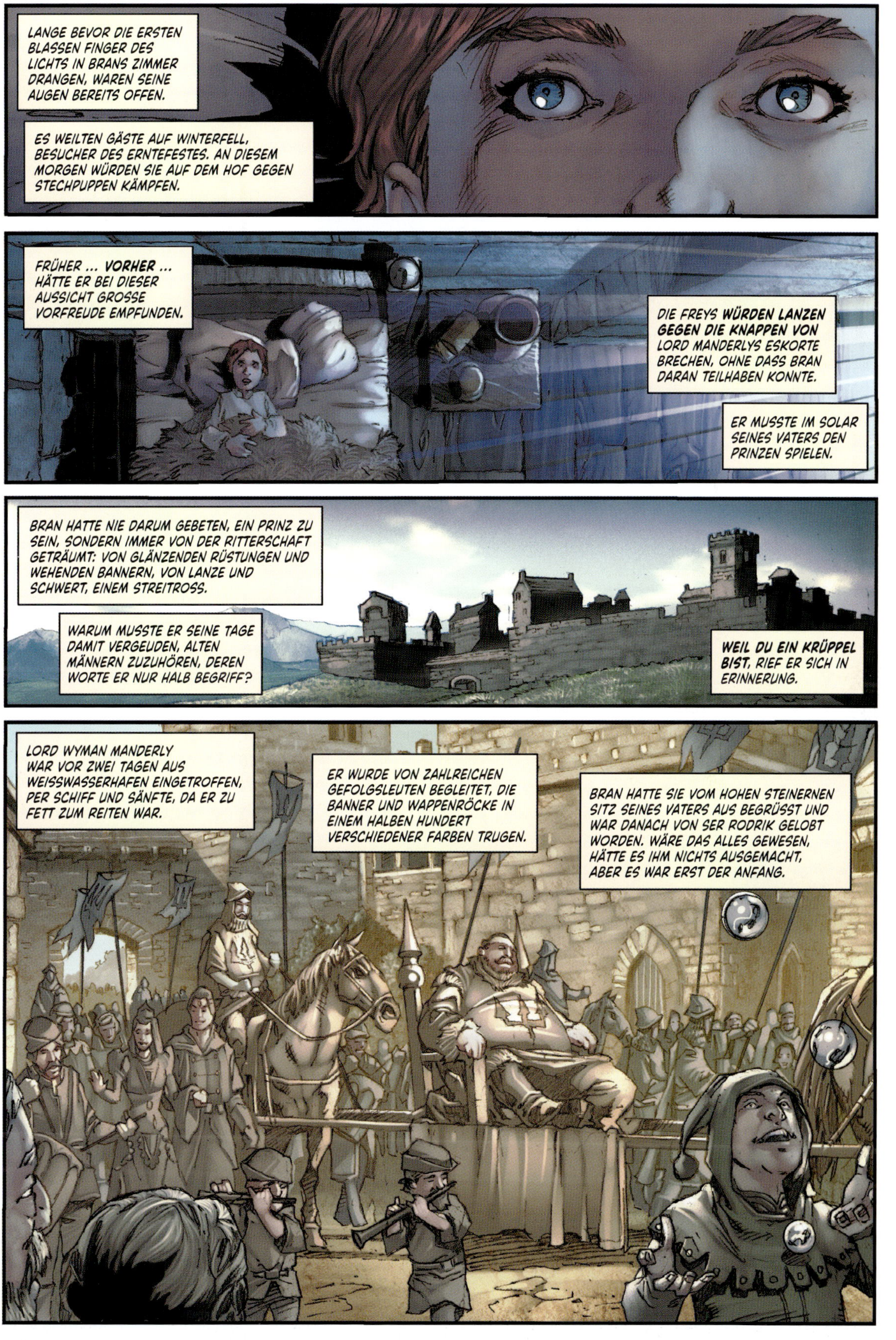

LANGE BEVOR DIE ERSTEN BLASSEN FINGER DES LICHTS IN BRANS ZIMMER DRANGEN, WAREN SEINE AUGEN BEREITS OFFEN.

ES WEILTEN GÄSTE AUF WINTERFELL, BESUCHER DES ERNTEFESTES. AN DIESEM MORGEN WÜRDEN SIE AUF DEM HOF GEGEN STECHPUPPEN KÄMPFEN.

FRÜHER ... VORHER ... HÄTTE ER BEI DIESER AUSSICHT GROSSE VORFREUDE EMPFUNDEN.

DIE FREYS WÜRDEN LANZEN GEGEN DIE KNAPPEN VON LORD MANDERLYS ESKORTE BRECHEN, OHNE DASS BRAN DARAN TEILHABEN KONNTE.

ER MUSSTE IM SOLAR SEINES VATERS DEN PRINZEN SPIELEN.

BRAN HATTE NIE DARUM GEBETEN, EIN PRINZ ZU SEIN, SONDERN IMMER VON DER RITTERSCHAFT GETRÄUMT: VON GLÄNZENDEN RÜSTUNGEN UND WEHENDEN BANNERN, VON LANZE UND SCHWERT, EINEM STREITROSS.

WARUM MUSSTE ER SEINE TAGE DAMIT VERGEUDEN, ALTEN MÄNNERN ZUZUHÖREN, DEREN WORTE ER NUR HALB BEGRIFF?

WEIL DU EIN KRÜPPEL BIST, RIEF ER SICH IN ERINNERUNG.

LORD WYMAN MANDERLY WAR VOR ZWEI TAGEN AUS WEISSWASSERHAFEN EINGETROFFEN, PER SCHIFF UND SÄNFTE, DA ER ZU FETT ZUM REITEN WAR.

ER WURDE VON ZAHLREICHEN GEFOLGSLEUTEN BEGLEITET, DIE BANNER UND WAPPENRÖCKE IN EINEM HALBEN HUNDERT VERSCHIEDENER FARBEN TRUGEN.

BRAN HATTE SIE VOM HOHEN STEINERNEN SITZ SEINES VATERS AUS BEGRÜSST UND WAR DANACH VON SER RODRIK GELOBT WORDEN. WÄRE DAS ALLES GEWESEN, HÄTTE ES IHM NICHTS AUSGEMACHT, ABER ES WAR ERST DER ANFANG.

LADY DONELLA WIRKTE BLASS, AUSGEMERGELT UND VON DER TRAUER GEZEICHNET.

LORD HORNWALD WAR IN DER SCHLACHT AM GRÜNEN ARM UND IHR EINZIGER SOHN IM WISPERWALD GEFALLEN.

WIR MÖCHTEN EUCH UNSER AUFRICHTIGES BEILEID AUSSPRECHEN, LADY HORNWALD.

WINTERFELL WIRD IHRER GEDENKEN.

DAS IST MIR EIN TROST.

BOLTONS BASTARD VERSAMMELT SEINE MÄNNER BEI GRAUENSTEIN. ICH HOFFE, ER FÜHRT SIE NACH SÜDEN, UM SICH BEI DEN ZWILLINGEN SEINEM VATER ANZUSCHLIESSEN ...

... ABER ALS ICH MICH NACH SEINEN ABSICHTEN ERKUNDIGTE, SAGTE ER, KEIN BOLTON LIESSE SICH VON EINER FRAU AUSFRAGEN. ALS WÄRE ER EIN EHELICHER SOHN UND HABE DAS RECHT, DIESEN NAMEN ZU TRAGEN.

LORD BOLTON HAT DEN JUNGEN MEINES WISSENS NIE ANERKANNT. ICH MUSS GESTEHEN, DASS ICH IHN GAR NICHT KENNE.

DAS TUN NUR WENIGE. ER LEBTE BIS VOR ZWEI JAHREN BEI SEINER MUTTER, BIS DER JUNGE DOMERIC STARB UND BOLTON OHNE ERBEN ZURÜCKLIESS. DA HAT ER DEN BASTARD NACH GRAUENSTEIN GEHOLT.

DER JUNGE IST GEWITZT UND HAT EINEN DIENER, DER BEINAHE EBENSO GRAUSAM IST WIE ER. STINKER NENNT MAN DEN MANN. ES HEISST, ER BADET NIE.

SIE JAGEN ZUSAMMEN, UND KEIN WILD. ICH HÖRTE GESCHICHTEN, DINGE, DIE ICH KAUM GLAUBEN MAG, SELBST VON EINEM BOLTON ...

... UND NUN, WO MEIN HOHER GEMAHL UND MEIN SOHN ZU DEN GÖTTERN GEGANGEN SIND, WIRFT DER BASTARD GIERIGE BLICKE AUF MEIN LAND ...

SOLLTE ER MEHR WAGEN, MUSS ER MIT HARTEN VERGELTUNGSMASSNAHMEN RECHNEN. IHR SEID IN SICHERHEIT, MYLADY ... DOCH WENN EURE TRAUER VORÜBER IST, SOLLTET IHR VIELLEICHT WIEDER HEIRATEN.

BRAN WOLLTE DER DAME 100 MÄNNER ZUM SCHUTZ MITGEBEN, ABER SER RODRIK SPRACH SICH DAGEGEN AUS.

„SIE MAG TRAURIG, ZART UND FÜR EINE FRAU IHRES ALTERS NICHT UNANSEHNLICH SEIN ... DOCH SIE STELLT EINE GEFAHR FÜR DEN FRIEDEN IM REICH EURES BRUDERS DAR", SAGTE ER.

OHNE ERBEN GAB ES VIELE, DIE ANSPRUCH AUF DAS LAND DER HORNWALDS ERHOBEN. DIE TALLHARTS, FLINTS UND KARSTARKS WAREN IN WEIBLICHER LINIE ALLE MIT HAUS HORNWALD VERBUNDEN ...

... UND DIE GLAUERS ZOGEN LORD HORNWALDS BASTARD AUF TIEFWALD MOTTE AUF.

GRAUENSTEIN HATTE ZWAR KEINEN ANSPRUCH, DOCH DIE LÄNDEREIEN GRENZTEN ANEINANDER, UND ROOSE BOLTON LIESS SICH DERARTIGE GELEGENHEITEN NICHT ENTGEHEN.

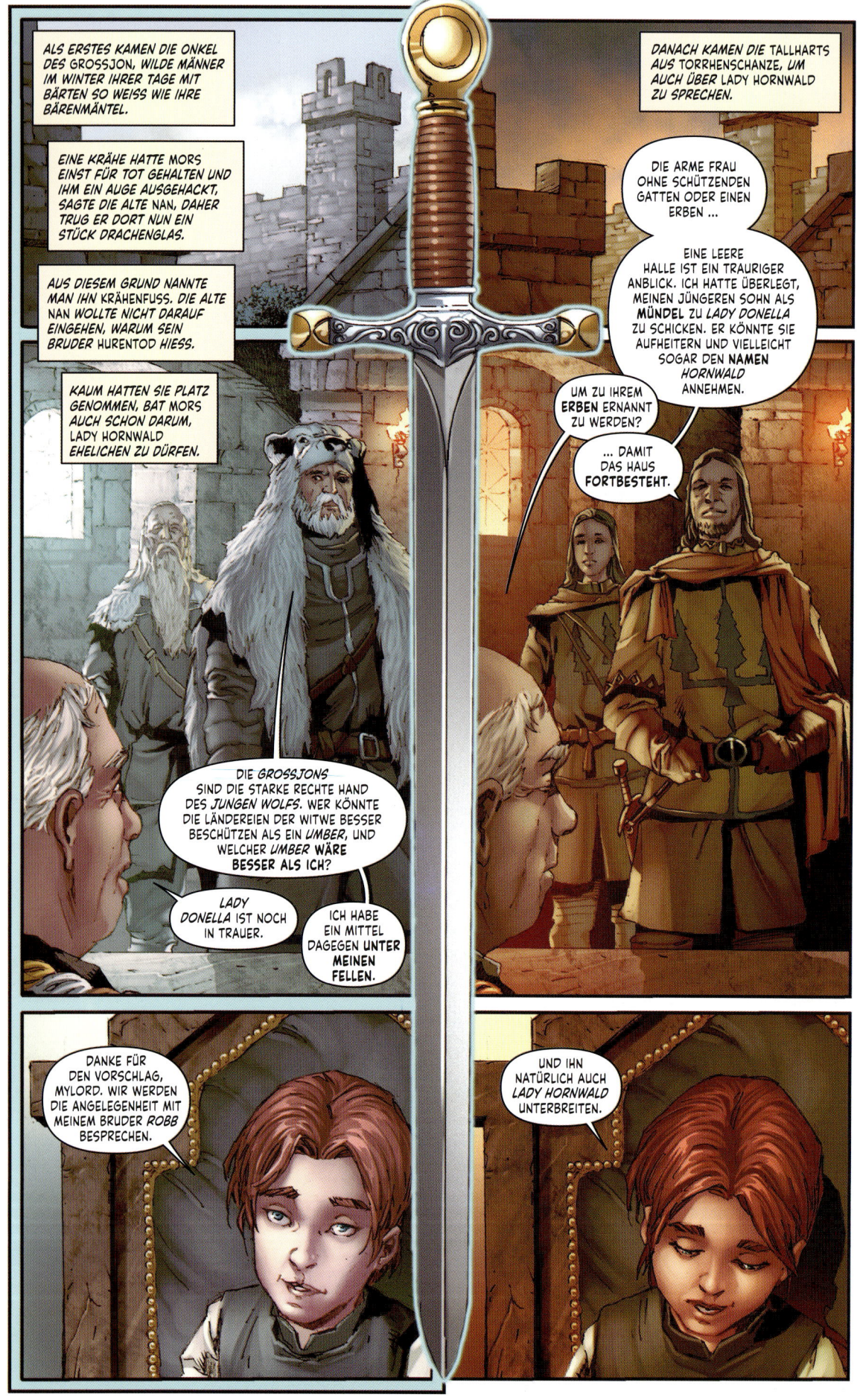

SANSA

DIE WORTE BLIEBEN AUCH BEIM HUNDERTSTEN LESEN SO WIE BEIM ERSTEN MAL, ALS SANSA DAS ZUSAMMENGEFALTETE BLATT UNTER IHREM KOPFKISSEN GEFUNDEN HATTE.

OHNE UNTERSCHRIFT UND SIEGEL UND IN EINER IHR UNBEKANNTEN HANDSCHRIFT.

„KOMMT HEUTE NACHT IN DEN GÖTTERHAIN, WENN IHR NACH HAUSE WOLLT."

WAS HATTE DAS ZU BEDEUTEN?

SOLLTE SIE DAMIT ZUR KÖNIGIN GEHEN, UM ZU BEWEISEN, WIE **FOLGSAM** SIE WAR?

DIE KÖNIGIN LIESS IHR INNERHALB DER BURG ALLE **FREIHEITEN**, WÜRDE JEDOCH WISSEN WOLLEN, **WOHIN** SIE GING, WENN SIE VERSUCHTE, MAEGORS FESTE ZU SO SPÄTER STUNDE ZU VERLASSEN.

NERVÖS RIEB SIE SICH DEN BAUCH. DER BLAUE FLECK VON SER MERYNS SCHLAG MIT DEM PANZERHANDSCHUH WAR ZU HÄSSLICHEM GELB VERBLASST, SCHMERZTE ABER NOCH IMMER.

ES WAR IHRE EIGENE SCHULD, SAGTE SIE SICH. SIE MUSSTE LERNEN, IHRE GEFÜHLE BESSER ZU VERBERGEN, UM JOFFREY NICHT ZU VERÄRGERN.

ALS SIE GEHÖRT HATTE, DASS DER GNOM LORD SLYNT ZUR MAUER GESCHICKT HATTE, WAR IHR EIN „ICH HOFFE, DIE ANDEREN KOMMEN IHN HOLEN" HERAUSGERUTSCHT.

DER KÖNIG WAR **NICHT ERFREUT** GEWESEN.

„KOMMT HEUTE NACHT IN DEN GÖTTERHAIN, WENN IHR NACH HAUSE WOLLT."

SANSA HATTE SO SEHR DARUM GEBETET. WAR DAS ENDLICH DIE ANTWORT, KAM EIN WAHRER **RITTER**, UM SIE ZU RETTEN?

NACH EINER WEILE HÖRTE SIE DIE SCHREIE, ZUERST IN DER FERNE, DOCH DANN WURDEN SIE IMMER LAUTER.

IN LETZTER ZEIT HERRSCHTE HÄUFIG AUFRUHR IN DER STADT. DIE MENSCHEN DRÄNGTEN SICH DORT, FLOHEN VOR DEM KRIEG, UND VIELE KONNTEN NUR DURCH RAUB ODER TÖTEN SELBST ÜBERLEBEN.

ODER WAREN STANNIS UND RENLY ENDLICH GEKOMMEN, UM DEN THRON IHRES BRUDERS ZU BESTEIGEN?

„KOMMT HEUTE NACHT IN DEN GÖTTERHAIN, WENN IHR NACH HAUSE WOLLT."

WENN ES EINE FALLE WAR, WOLLTE SIE LIEBER STERBEN, ALS ABERMALS VERLETZT ZU WERDEN.

IHR STOCKTE DER ATEM, ALS SIE JOFFREY SAH, DOCH ER BEMERKTE SIE ZUM GLÜCK NICHT, SONDERN RIEF NACH SEINER ARMBRUST UND SEINEM SCHWERT.

SANSA HATTE DIE GÖTTER IHRER MUTTER STETS JENEN IHRES VATERS VORGEZOGEN. SIE MOCHTE DIE STATUEN, DIE BILDER IM BLEIGLAS, DEN DUFT DES BRENNENDEN WEIHRAUCHS, DIE SEPTONE MIT IHREN ROBEN UND KRISTALLEN ...

DOCH SIE KONNTE NICHT LEUGNEN, DASS DER GÖTTERHAIN EINE GEWISSE FASZINATION AUSSTRAHLTE, ERST RECHT DES NACHTS.

HELFT MIR, BETETE SIE, SCHICKT MIR EINEN FREUND, EINEN WAHREN RITTER, DER FÜR MICH EINTRITT ...

ICH FÜRCHTETE SCHON, IHR WÜRDET NICHT KOMMEN, MEIN KIND.

KAPITEL #10

TYRION

IN DIESEN TRAURIGEN ZEITEN, IN DENEN SO VIELE HUNGERN, IST AUCH MEIN SPEISEPLAN KARGER.

SEHR LÖBLICH.

ICH HALTE ES ANDERS. WENN ETWAS ZU ESSEN DA IST, VERSPEISE ICH ES, DENN MORGEN KÖNNTE ES DAMIT VORBEI SEIN. SAGT, SIND EURE RABEN EBENFALLS FRÜHAUFSTEHER?

ABER GEWISS. DIE FRAGLICHEN BRIEFE ...

UND NUR FÜR DIE AUGEN VON *DORAN MARTELL, PRINZ VON DORNE*, BESTIMMT. DIE ANGELEGENHEIT IST VON GRÖSSTER WICHTIGKEIT.

DEN *PRINZ VON DORNE* PERSÖNLICH. DARF ICH FRAGEN ...

BESSER NICHT.

WIE IHR WÜNSCHT. DER RAT DES KÖNIGS KÖNNTE ...

ARYA

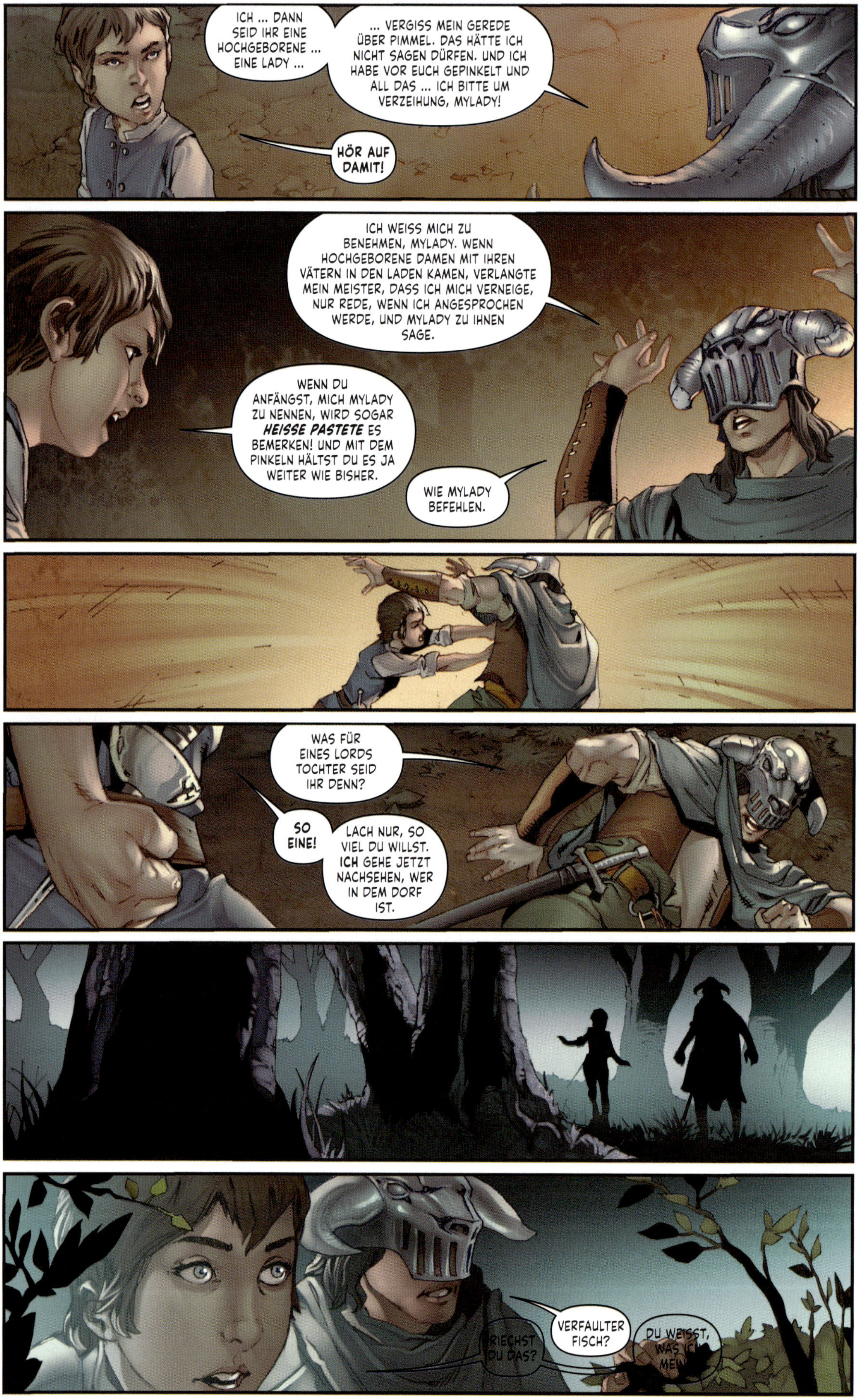

ANGST SCHNEIDET TIEFER ALS EIN SCHWERT.

TOTE KONNTEN IHR NICHTS ANHABEN, ABER DIEJENIGEN, DIE SIE GETÖTET HATTEN, SCHON.

„DU BLÖDER, BLÖDER, BLÖDER BLÖDMANN!", DACHTE ARYA.

WENN GENDRY BEI IHR GEWESEN WÄRE, HÄTTE SIE IHN WIEDER GETRETEN.

OHO, EIN WILDFANG!

SIE NAHMEN IHR NADEL AB. DIE SCHANDE WAR NOCH SCHLIMMER ALS DER SCHMERZ, DABEI TAT ES HÖLLISCH WEH.

JON HATTE IHR DIESES SCHWERT GESCHENKT. SYRIO HATTE SIE GELEHRT, ES ZU FÜHREN.

SIE KONNTE HÖREN, WIE SICH HEISSE PASTETE NOCH MEHRFACH ERGAB UND IHREN HÄSCHERN VERSPRACH, IHNEN PASTETEN UND KUCHEN ZU BACKEN, WENN SIE IHM NICHTS TATEN.

AUF EINMAL WUSSTE ARYA, WO SIE DIESE DREI HUNDE SCHON EINMAL GESEHEN HATTE.

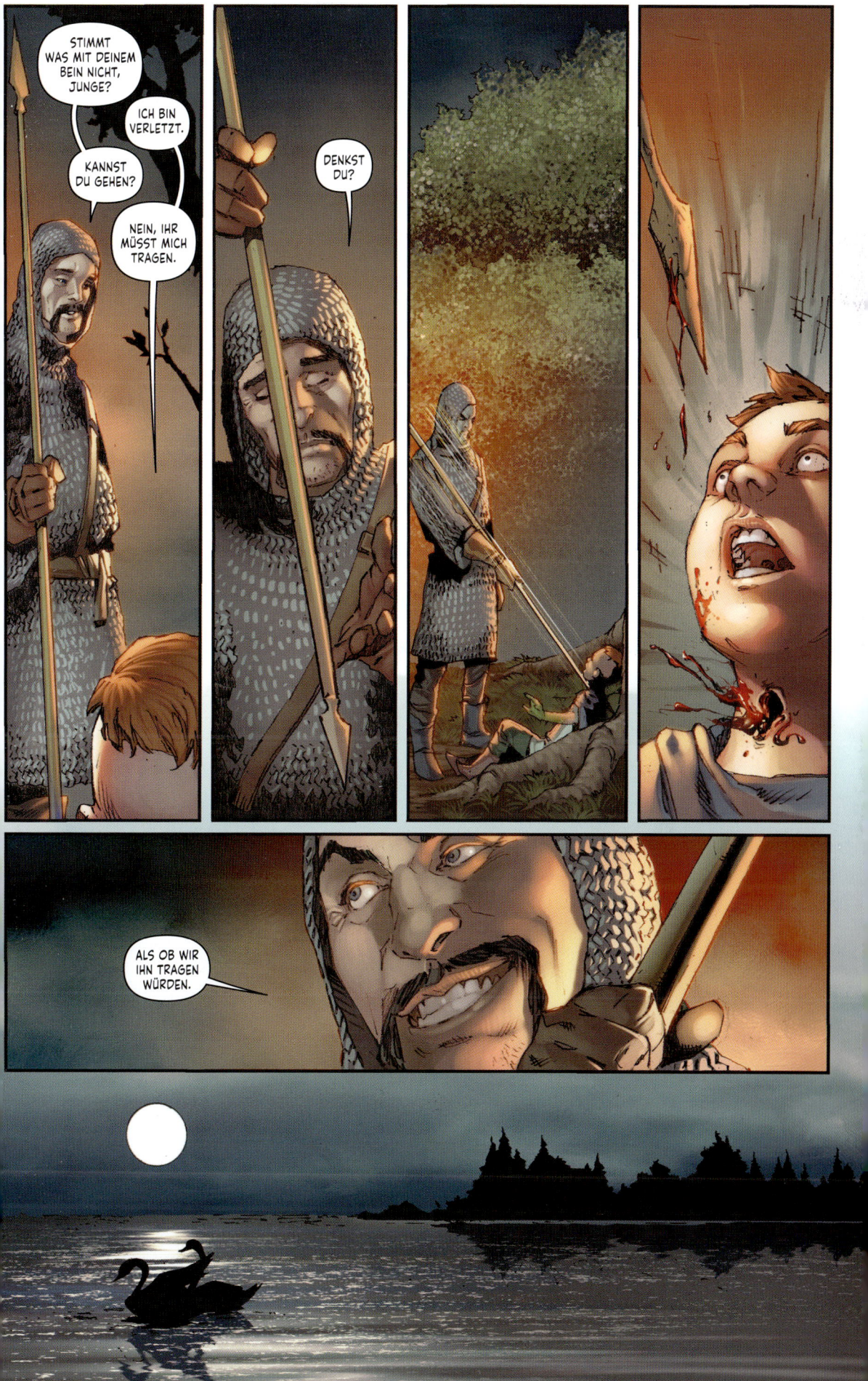

BRAN

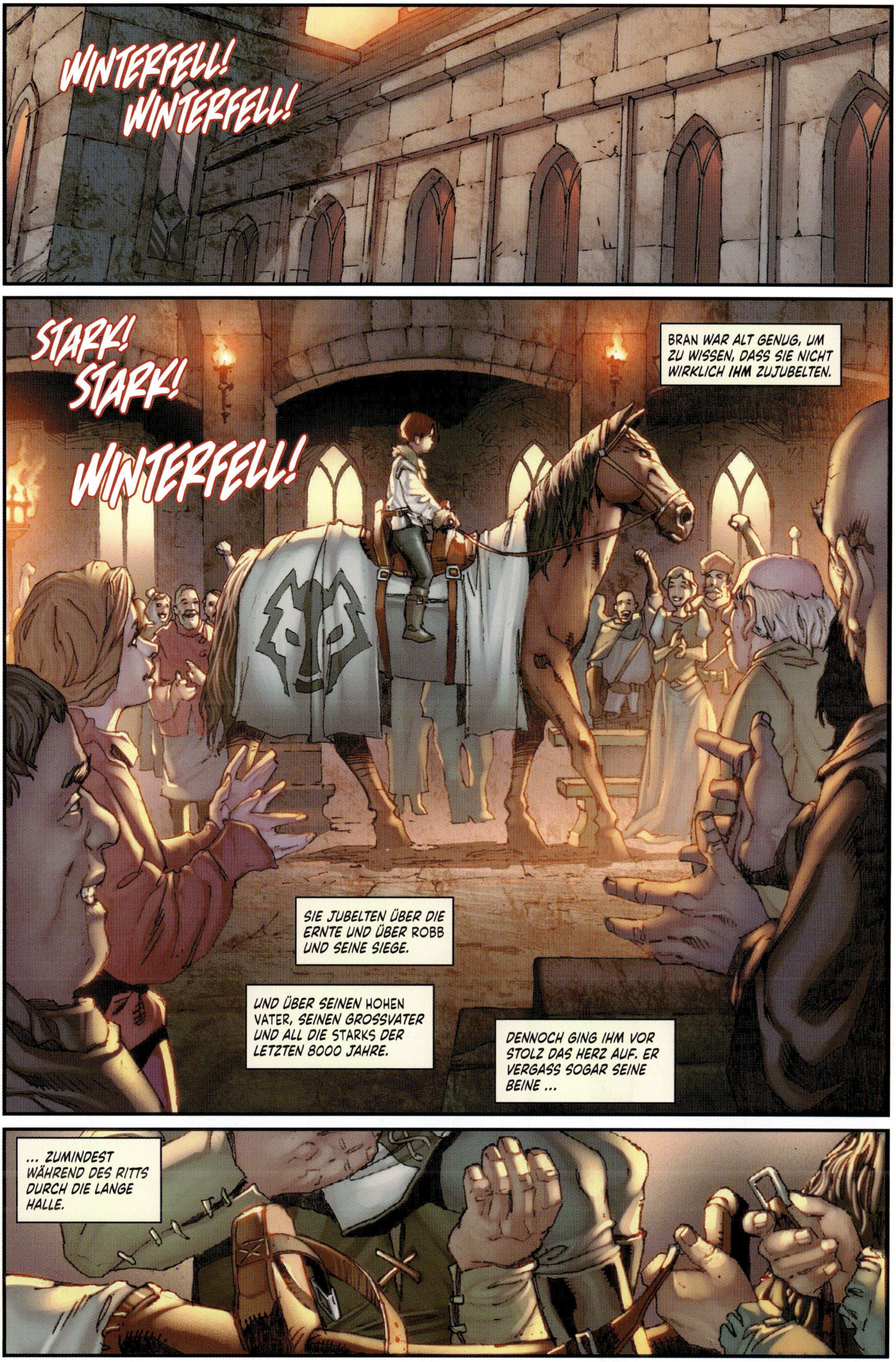

DER LÄRM SCHWOLL ZU EINEM STETIGEN GROLLEN, EINEM WIRRWARR AUS GERÄUSCHEN, AN.

DAS HABT IHR **GUT** GEMACHT, BRAN. LORD EDDARD WÄRE **STOLZ** AUF EUCH.

DERARTIGE GERICHTE HATTE BRAN NOCH NIE GESEHEN. ES WURDEN SO VIELE SPEISEN AUFGETRAGEN, DASS ER OFT GERADE MAL EINEN ODER ZWEI BISSEN SCHAFFTE.

SER RODRIK UNTERHIELT SICH MIT MAESTER LUDWIN ÜBER DEN LOCKENKOPF SEINER TOCHTER BETH HINWEG, WÄHREND RICKON DEN FREYS ETWAS ZUSCHRIE.

ER BEOBACHTETE ALLES WIE AUS WEITER FERNE, ALS WÜRDE ER NOCH IM FENSTER SEINES SCHLAFZIMMERS SITZEN, AUF DEN HOF HINUNTERSCHAUEN UND ALLES SEHEN, OHNE TEIL DAVON ZU SEIN.

„ES IST ZU HEISS HIER", DACHTE ER, „UND ZU LAUT ... UND ALLE BETRINKEN SICH."

IM GÖTTERHAIN IST ES JETZT KÜHL.

JON

KAPITEL #12

TYRION

Hallyn, der Pyromantiker, hatte Tyrion geraten, sich warm anzuziehen, und er war froh, dass er den Rat beherzigt hatte.

Sie befanden sich tief unter Rhaenys' Hügel, hinter der Gildenhalle der Alchemisten, und die Kälte in dem langen, feuchten Gewölbe drang sofort in die Knochen.

"Man kann es **nicht** mit Wasser löschen, hörte ich."

Tyrion erinnerte sich an den roten Priester Thoros von Myr und sein Flammenschwert. Selbst eine dünne Schicht Seefeuer brannte bereits eine Stunde lang.

"Dem ist so. Hat die Substanz erst einmal Feuer gefangen, brennt sie, bis nichts mehr übrig ist. Zudem sickert sie in Stoff, Holz, Leder, sogar Stahl, und setzt sie ebenfalls in Brand."

Thoros hatte nach jedem Kampf eine neue Waffe gebraucht ... Robert mochte den Mann und hatte ihm gern eine zur Verfügung gestellt.

Die Keramik war dünn und zerbrechlich. Man hatte ihn gewarnt, nicht zu fest zuzudrücken, um sie nicht in der Hand zu zerbrechen.

"Dickflüssig."

"Das liegt an der Kälte, Mylord. Wenn sich die Substanz erwärmt, fliesst sie besser."

Die Substanz war der Name der Pyromantiker für das Seefeuer. Untereinander sprachen sie sich mit *Weisheit* an.

"Warum zieht sie nicht in den Ton ein?"

"Oh, das tut sie. Unter diesem gibt es ein weiteres Gewölbe, in dem wir die älteren Gefässe aus König *Aerys'* Zeiten lagern. Wir haben sie mit Wachs versiegelt und das untere Gewölbe voll Wasser gepumpt, doch ..."

"Sind sie noch benutzbar?"

CATELYN

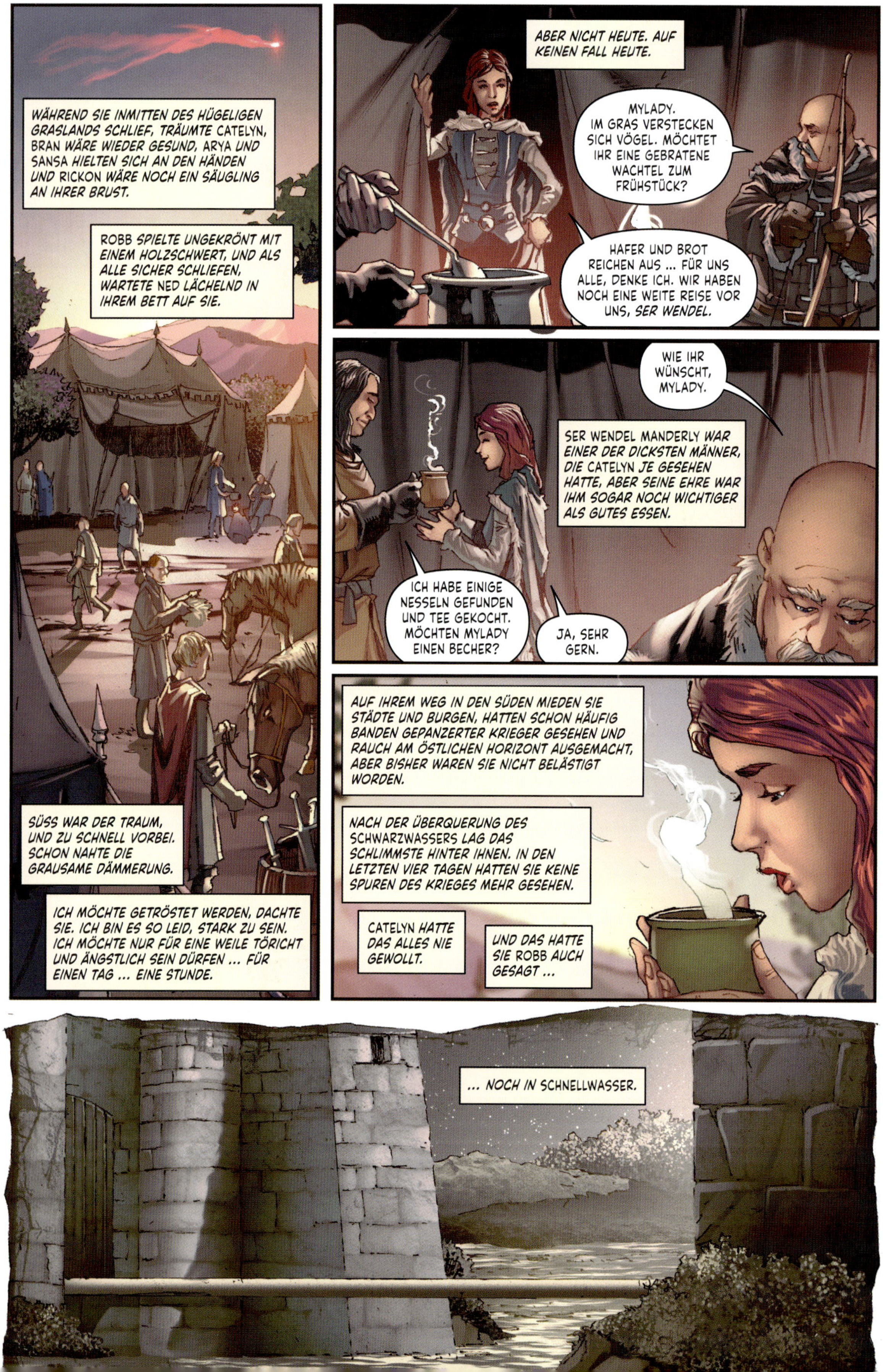

WÄHREND SIE INMITTEN DES HÜGELIGEN GRASLANDS SCHLIEF, TRÄUMTE CATELYN, BRAN WÄRE WIEDER GESUND, ARYA UND SANSA HIELTEN SICH AN DEN HÄNDEN UND RICKON WÄRE NOCH EIN SÄUGLING AN IHRER BRUST.

ROBB SPIELTE UNGEKRÖNT MIT EINEM HOLZSCHWERT, UND ALS ALLE SICHER SCHLIEFEN, WARTETE NED LÄCHELND IN IHREM BETT AUF SIE.

SÜSS WAR DER TRAUM, UND ZU SCHNELL VORBEI. SCHON NAHTE DIE GRAUSAME DÄMMERUNG.

ICH MÖCHTE GETRÖSTET WERDEN, DACHTE SIE. ICH BIN ES SO LEID, STARK ZU SEIN. ICH MÖCHTE NUR FÜR EINE WEILE TÖRICHT UND ÄNGSTLICH SEIN DÜRFEN ... FÜR EINEN TAG ... EINE STUNDE.

ABER NICHT HEUTE. AUF KEINEN FALL HEUTE.

MYLADY. IM GRAS VERSTECKEN SICH VÖGEL. MÖCHTET IHR EINE GEBRATENE WACHTEL ZUM FRÜHSTÜCK?

HAFER UND BROT REICHEN AUS ... FÜR UNS ALLE, DENKE ICH. WIR HABEN NOCH EINE WEITE REISE VOR UNS, SER WENDEL.

WIE IHR WÜNSCHT, MYLADY.

SER WENDEL MANDERLY WAR EINER DER DICKSTEN MÄNNER, DIE CATELYN JE GESEHEN HATTE, ABER SEINE EHRE WAR IHM SOGAR NOCH WICHTIGER ALS GUTES ESSEN.

ICH HABE EINIGE NESSELN GEFUNDEN UND TEE GEKOCHT. MÖCHTEN MYLADY EINEN BECHER?

JA, SEHR GERN.

AUF IHREM WEG IN DEN SÜDEN MIEDEN SIE STÄDTE UND BURGEN, HATTEN SCHON HÄUFIG BANDEN GEPANZERTER KRIEGER GESEHEN UND RAUCH AM ÖSTLICHEN HORIZONT AUSGEMACHT, ABER BISHER WAREN SIE NICHT BELÄSTIGT WORDEN.

NACH DER ÜBERQUERUNG DES SCHWARZWASSERS LAG DAS SCHLIMMSTE HINTER IHNEN. IN DEN LETZTEN VIER TAGEN HATTEN SIE KEINE SPUREN DES KRIEGES MEHR GESEHEN.

CATELYN HATTE DAS ALLES NIE GEWOLLT.

UND DAS HATTE SIE ROBB AUCH GESAGT ...

... NOCH IN SCHNELLWASSER.

SIE WAREN NOCH EINEN HALBEN TAGESRITT VON RENLYS *LAGER* ENTFERNT, ALS SIE ENTDECKT WURDEN.

MYLADY. ICH BIN *SER KOLJA VON GRÜNTEICHEN*.

IHR DURCHQUERT EIN GEFÄHRLICHES GEBIET.

WIR KOMMEN IN EINER DRINGENDEN ANGELEGENHEIT. MEIN SOHN *ROBB STARK*, DER KÖNIG DES NORDENS, SCHICKT MICH, UM MIT *RENLY BARATHEON*, DEM KÖNIG DES SÜDENS, ZU VERHANDELN.

KÖNIG RENLY IST DER GEKRÖNTE UND GESALBTE KÖNIG ALLER *SIEBEN KÖNIGSLANDE*, MYLADY.

SEINE GNADEN LAGERT MIT SEINEM HEER BEI *BITTERBRÜCK*, WO DIE *ROSENSTRASSE* DEN *MANDER* KREUZT. ES WÄRE MIR EINE GROSSE EHRE, EUCH ZU IHM ZU BRINGEN.

WOLLTEN SIE SIE BEGLEITEN ODER GEFANGEN NEHMEN? WIE AUCH IMMER, SIE MUSSTE AUF SER KOLJAS *UND AUF LORD RENLYS* EHRE VERTRAUEN.

KURZ DARAUF DRANGEN MÄNNERSTIMMEN, WAFFENRASSELN UND PFERDEGEWIEHER AN IHR OHR. DOCH WEDER DER RAUCH NOCH DIE GERÄUSCHE HATTEN SIE AUF DEN ANBLICK DES HEERS VORBEREITET.

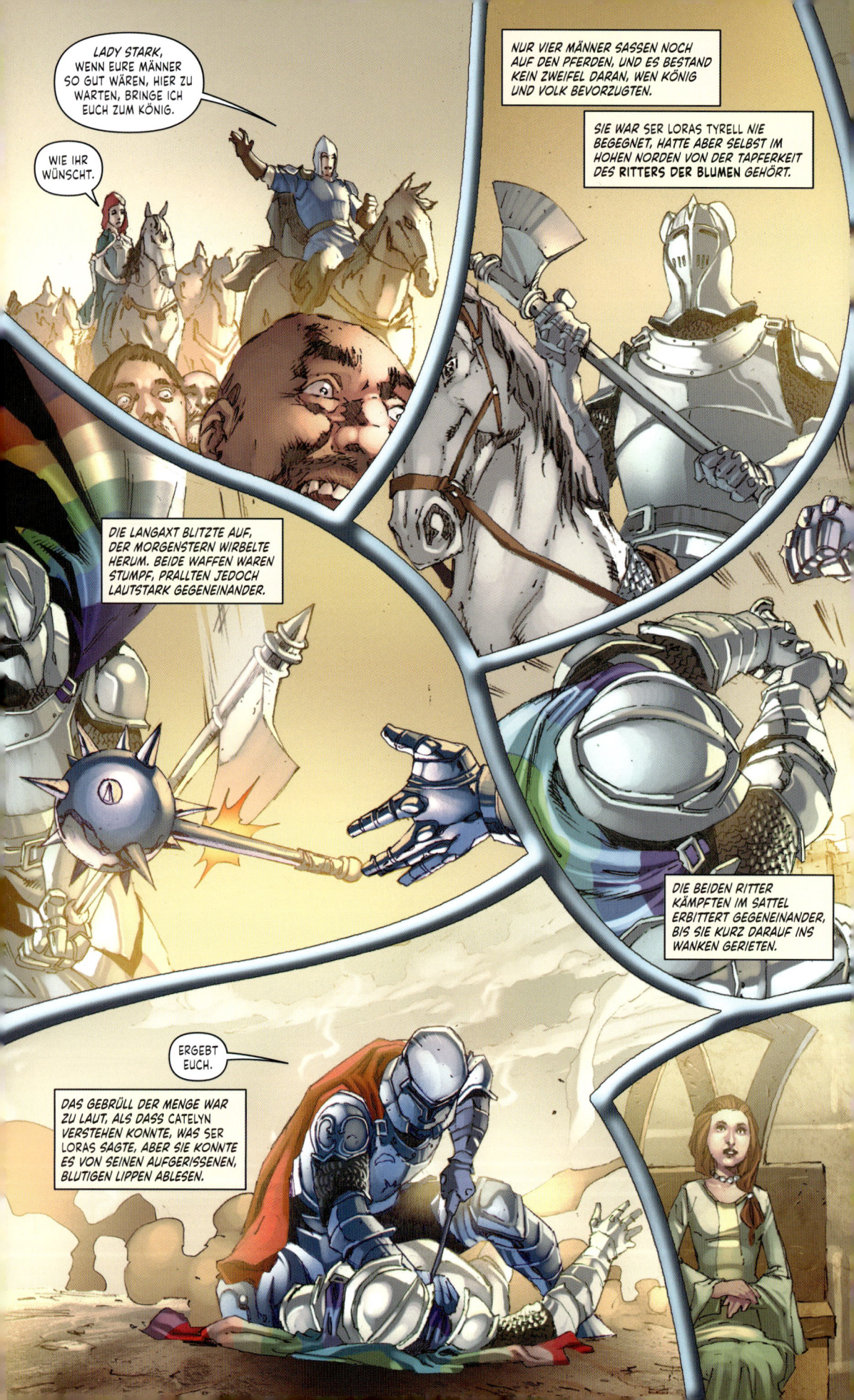

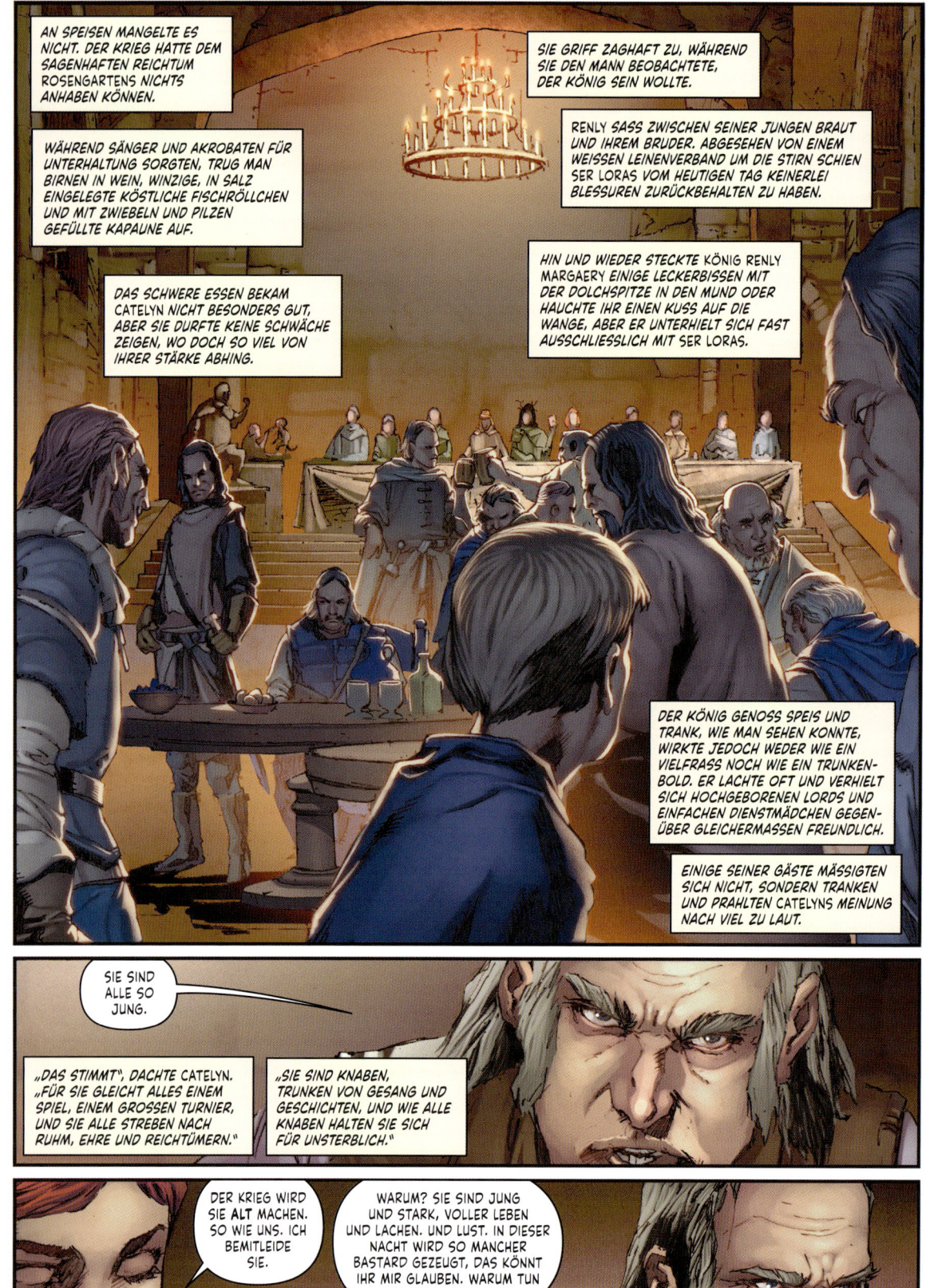

KAPITEL #13

THEON

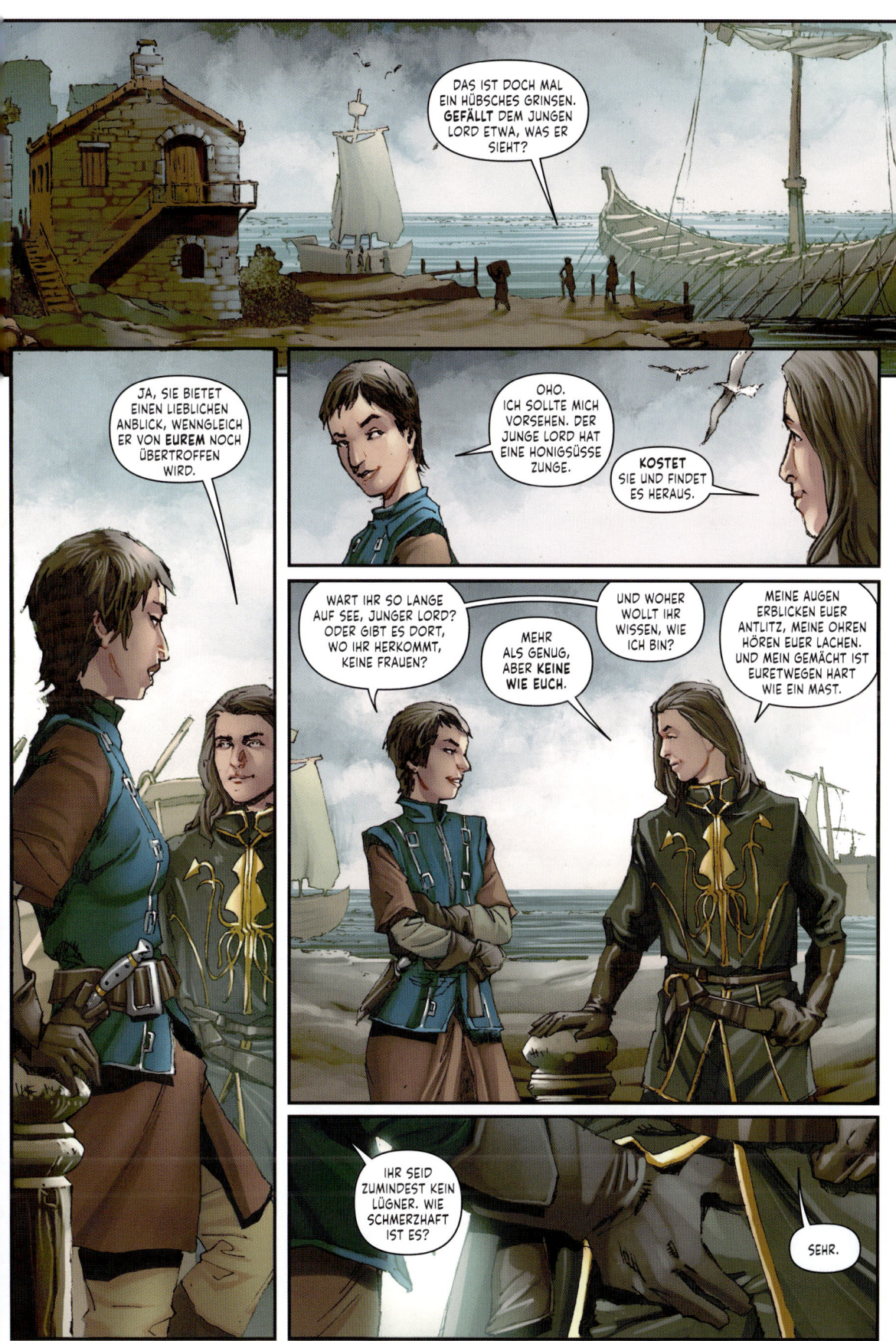

TYRION

"Wir haben über die Bedingungen dieses selbsternannten Königs des Nordens beraten und können sie leider **nicht** annehmen."

"Hier sind **unsere** Bedingungen."

"**Robb Stark** muss sein Schwert **niederlegen**, uns die **Treue** schwören und nach **Winterfell** zurückkehren. Er muss meinen Bruder **unversehrt** freilassen und sein Heer unter **Jaimes** Befehl stellen, der es gegen die **Rebellen Renly** und **Stannis Baratheon** führen wird."

"Sagt ihm, dass er **allein** steht und nicht auf Verbündete hoffen kann. **Stannis** und **Renly** bekriegen einander, und der **Fürst von Dorne** hat zugestimmt, seinen Sohn **Trystan** mit **Prinzessin Myrcella** zu vermählen."

"Was meine **Vettern** angeht: Wir bieten **Harrion Karstark** und **Ser Wylis Manderly** im Austausch gegen **Willem Lennister** und **Lord Cerwyn** und **Ser Donnel Locke** für Euren Bruder **Tion**. Sagt Stark, dass **zwei Lennisters** in jedem Fall **vier** Nordmänner wert sind."

"Zudem soll er seines Vaters **Gebeine** als Zeichen von **Joffreys** gutem Willen bekommen."

"**Lord Stark** verlangt auch seine Schwestern und das Schwert seines Vaters."

"Er bekommt **Eis**, wenn er mit uns Frieden schließt, nicht eher."

"Und seine Schwestern bleiben unsere Geiseln, solange er meinen Bruder **Jaime** nicht unversehrt freigelassen hat. Wie gut sie behandelt werden, liegt an ihm."

"Wenn die Götter gnädig waren, fand Amwasser Arya **lebendig**, bevor Robb von ihrem **Verschwinden** erfuhr."

"Vylarr. Ein **Lennister** sollte von einem **Lennister** begleitet werden. **Ser Cleos** ist der Vetter der Königin und der meine. Wir können besser schlafen, wenn ihr für seine sichere Rückkehr nach Schnellwasser sorgt."

"Wie Ihr befehlt. Wie viele Männer soll ich mitnehmen?"

"Alle natürlich."

"Mylord Hand, das ist nicht ... Euer Vater hat diese guten Männer in unsere Stadt geschickt, um Königin **Cersei** und ihre Kinder zu beschützen ..."

"... die Königsgarde und die Stadtwache sind Schutz genug. Mögen die Götter Eure Reise beschleunigen, Vylarr."

"LENNISTER... ICH HABE ALLES FÜR *HAUS LENNISTER* GETAN..."

ALS ER FORT WAR, DURCHSUCHTE TYRION IN RUHE DIE GEMÄCHER DES MAESTERS.

DIE RABEN MURMELTEN ÜBER SEINEM KOPF, WAS EINE SELTSAM FRIEDLICHE WIRKUNG HATTE.

ER BRAUCHTE JEMANDEN, DER SICH UM DIE VÖGEL KÜMMERTE, BIS DIE ZITADELLE EINEN ERSATZ FÜR PYCELLE GESCHICKT HATTE.

"ER WAR DER EINZIGE, BEI DEM ICH **HOFFTE**, IHM VERTRAUEN ZU KÖNNEN."

VARYS UND KLEINFINGER WAREN NICHT VERLÄSSLICHER, SCHÄTZTE ER ... NUR GERISSENER UND DAHER VIEL GEFÄHRLICHER.

VIELLEICHT HÄTTE ER ES SO WIE SEIN VATER TUN SOLLEN: ILYN PAYN RUFEN, DREI KÖPFE ÜBER DEM TOR AUFSPIESSEN LASSEN UND DAMIT WÄRE ES ERLEDIGT.

"DAS WÄRE DOCH EIN SEHR SCHÖNER ANBLICK GEWESEN, NICHT WAHR?"

KAPITEL #14

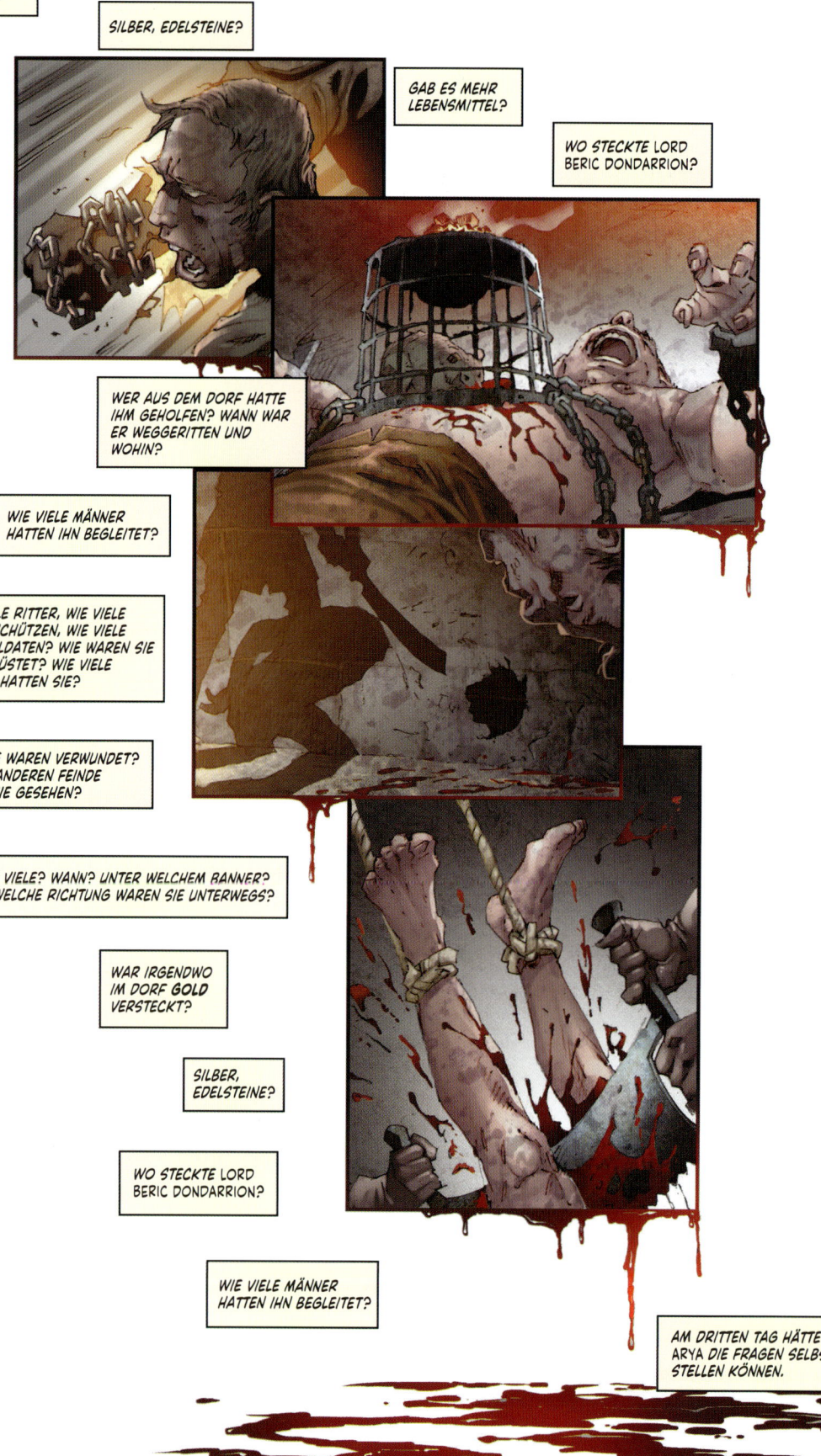

DAENERYS

„QARTH."

DIE GRÖSSTE STADT, DIE ES JE GAB UND JE GEBEN WIRD. SIE IST DER MITTELPUNKT DER WELT, DAS TOR ZWISCHEN NORDEN UND SÜDEN, DIE BRÜCKE ZWISCHEN OST UND WEST.

ÄLTER ALS DIE ERINNERUNGEN DER MENSCHHEIT UND SO PRACHTVOLL, DASS SICH *SAATHOS DER WEISE* DIE AUGEN **AUSSTACH**, NACHDEM ER *QARTH* ZUM ERSTEN MAL GESEHEN HATTE, WEIL ER WUSSTE, DASS ALLES, WAS ER DANACH ERBLICKTE, IM VERGLEICH DAZU NUR SCHÄBIG UND HÄSSLICH AUSSEHEN WÜRDE.

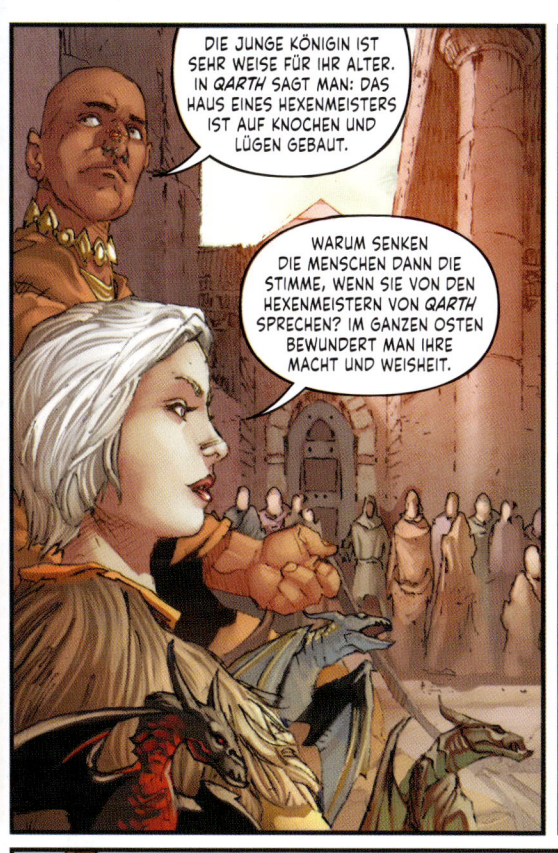

XARO XHOAN DAXOS HATTE DANY FÜR IHREN AUFENTHALT IN DER STADT DIE GASTFREUNDSCHAFT SEINES HAUSES ANGEBOTEN. SIE HATTE MIT EINEM **PRÄCHTIGEN** HAUS GERECHNET, JEDOCH NICHT MIT EINEM PALAST, DER GRÖSSER WAR ALS MANCHE MARKTGEMEINDE. IHR WURDE EIN GANZER **FLÜGEL** ÜBERLASSEN.

SIE VERFÜGTE ÜBER EIGENE GÄRTEN, EIN MARMORNES BADEBECKEN, EINEN WAHRSAGETURM UND EIN HEXENMEISTERLABYRINTH. SKLAVEN ERFÜLLTEN IHR JEDEN WUNSCH.

WIR WERDEN **EIGENE WACHEN** AUFSTELLEN, SOLANGE WIR HIER SIND. *AGGO*, SORGE DAFÜR, DASS **NIEMAND** DIESE GEMÄCHER **OHNE MEINE ERLAUBNIS** BETRITT UND DASS DIE DRACHEN STETS GUT BEWACHT SIND.

SO SOLL ES GESCHEHEN, KHALEESI.

WIR HABEN NUR DIE TEILE VON *QARTH* GESEHEN, DIE *PYAT PREE* UNS ZEIGEN WOLLTE. *RAKHARO*, DU WIRST DIR DEN REST ANSCHAUEN.

SO SOLL ES SEIN, BLUT VON MEINEM BLUT.

SER JORAH, IHR GEHT ZUM HAFEN UND SEHT NACH, WELCHE SCHIFFE DORT ANKERN. VIELLEICHT HABEN DIE GÖTTER EINEN GUTEN KAPITÄN AUS *WESTEROS* HIERHERGEFÜHRT, DER UNS NACH HAUSE BRINGEN WILL.

DER USURPATOR WIRD EUCH SICHER **TÖTEN** WOLLEN. MEIN PLATZ IST HIER AN EURER SEITE.

JHOGO KANN MICH BESCHÜTZEN. IHR SPRECHT **MEHR SPRACHEN** ALS MEINE *BLUTREITER*, UND DIE *DOTHRAKI* MISSTRAUEN DEM MEER UND JENEN, DIE DARAUF SEGELN. **NUR IHR** KÖNNT DAS FÜR MICH TUN.

WIE IHR BEFEHLT, MEINE KÖNIGIN.

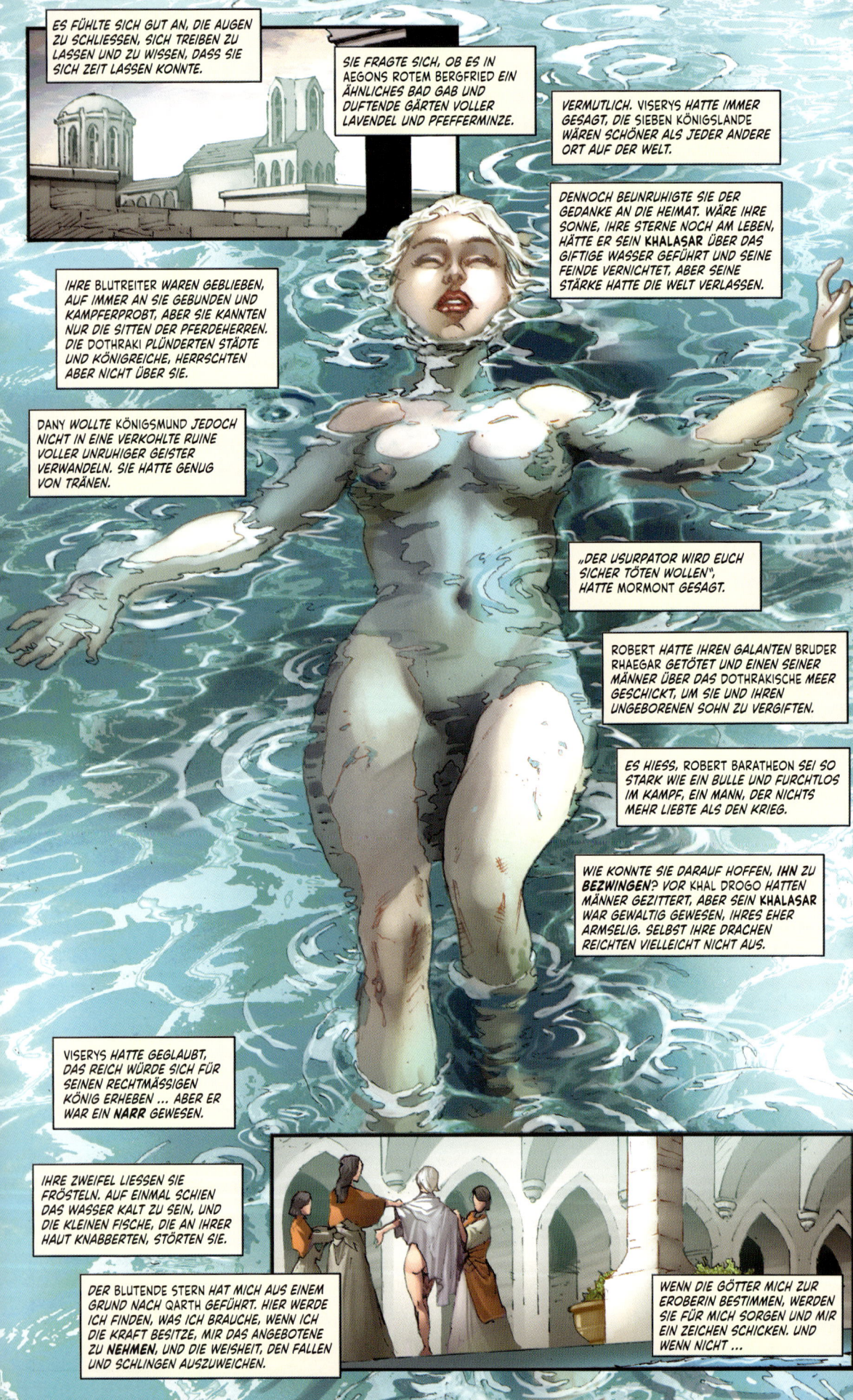

BRAN

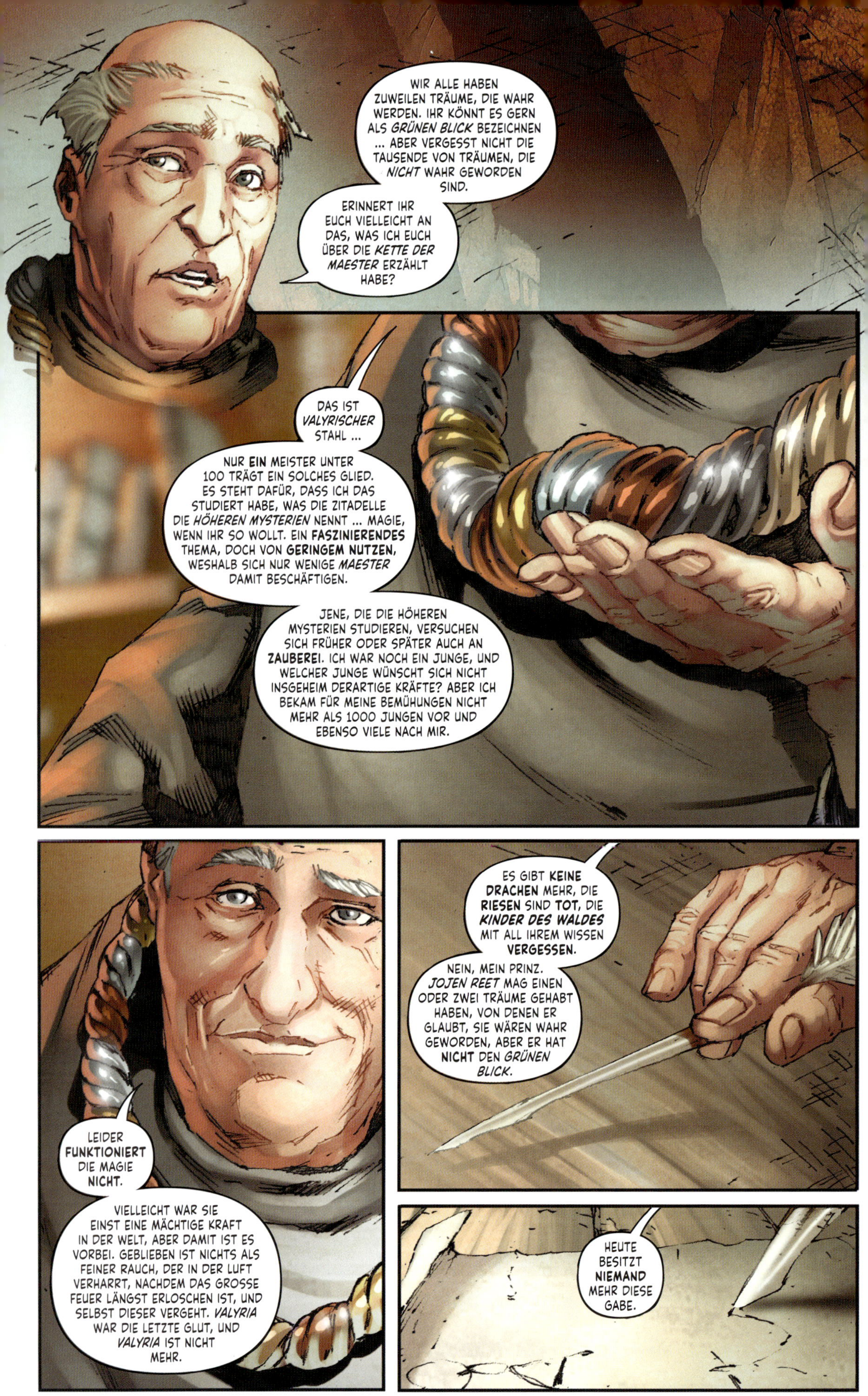

CATELYN

CATELYN BEMERKTE, DASS AUCH RENLY SEIN BANNER VON EINER **FRAU** TRAGEN LIESS, DOCH BRIENNE VERBARG IHR GESICHT UND IHRE GESTALT HINTER EINER PLATTENRÜSTUNG, SODASS MAN IHR GESCHLECHT **NICHT** ERKANNTE.

LORD RENLY.

KÖNIG RENLY. BIST DU ES WIRKLICH, STANNIS?

ALS ICH DAS BANNER SAH, WAR ICH MIR NICHT SICHER.

DER KÖNIG HAT DAS **BRENNENDE HERZ** DES HERRN DES LICHTS ALS SIEGEL ERWÄHLT.

UMSO BESSER. WENN WIR **DASSELBE** BANNER HÄTTEN, KÖNNTE DIE SCHLACHT SEHR UNÜBERSICHTLICH WERDEN.

HOFFEN WIR, DASS ES KEINE SCHLACHT GIBT. WIR DREI HABEN EINEN GEMEINSAMEN FEIND, DER UNS ALLE VERNICHTEN WILL.

DER *EISERNE THRON* GEHÖRT VON RECHTS WEGEN **MIR**. JEDER, DER DAS VERNEINT, IST **MEIN** FEIND.

DAS GANZE REICH **VERNEINT** ES, BRUDER. ALTE MÄNNER MIT IHREM LETZTEN ATEMZUG UND UNGEBORENE KINDER IM BAUCH IHRER MÜTTER. SIE **VERNEINEN** ES IN *DORNE* UND AUF DER MAUER. NIEMAND WILL DICH ALS KÖNIG.

TUT MIR LEID.

DAS IST NARRETEI! IHR NENNT EUCH SELBST KÖNIG, WÄHREND DAS REICH BLUTET, UND **AUSSER MEINEM** SOHN ERHEBT KEINER DAS SCHWERT, UM ES ZU VERTEIDIGEN!

WENN DU MIR EINEN VORSCHLAG UNTERBREITEN WILLST, DANN SPRICH FREI!

NUN GUT.

ICH SCHLAGE VOR, DASS DU VOM PFERD STEIGST, DICH VOR MIR **VERBEUGST** UND MIR DEINE **TREUE** SCHWÖRST.

LADY STARK. MOLLEN SAGT, BEI TAGESANBRUCH GIBT ES EINE SCHLACHT.

DAMIT HAT *HAL* RECHT.

SOLLEN WIR FLIEHEN ODER KÄMPFEN?

WIR BETEN, LUCAS.

".... WIR BETEN."

ARYA

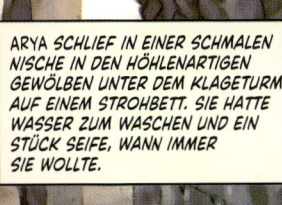

AUF SEINE EIGENE ANGEBERISCHE ART WAR WIES FAST SO FURCHTERREGEND WIE SER GREGOR. DER BERG ERSCHLUG MENSCHEN WIE FLIEGEN, ABER DIE MEISTE ZEIT SCHIEN ER DIE FLIEGE NICHT EINMAL WAHRZUNEHMEN.

WIES WUSSTE JEDOCH *IMMER*, DASS MAN DA WAR, UND MANCHMAL SOGAR, WAS MAN DACHTE.

ER SCHLUG BEI DER KLEINSTEN PROVOKATION ZU, UND ER HATTE EINE HÜNDIN, DIE FAST GENAUSO GEMEIN WAR WIE IHR HERRCHEN. EIN HÄSSLICHES, FLECKIGES VIEH, DAS SCHLIMMER STANK ALS JEDER HUND, DEM ARYA JE BEGEGNET WAR.

EINMAL SAH SIE, WIE WIES DIE HÜNDIN AUF EINEN LATRINENJUNGEN HETZTE, DER IHN VERÄRGERT HATTE. SIE RISS IHM EIN GROSSES STÜCK FLEISCH AUS DER WADE, WÄHREND WIES LACHTE.

ES DAUERTE NUR DREI TAGE, BIS ER SICH EINEN EHRENPLATZ IN IHREM NÄCHTLICHEN GEBET VERDIENT HATTE.

"WIES.

DUNSEN, CHISWYCK, POLLIVER, RAFF DER LIEBLING, DER KITZLER UND DER HUND, SER GREGOR, SER AMORY, SER ILYN, SER MERYN, KÖNIG JOFFREY, KÖNIGIN CERSEI."

AUF DER STRASSE HATTE SICH ARYA WIE EIN SCHAF GEFÜHLT, IN HARRENHAL VERWANDELTE SIE SICH IN EINE MAUS.

IN IHRER KRATZIGEN WOLLKLEIDUNG SAH SIE MAUSGRAU AUS, UND WIE EINE MAUS SCHLÜPFTE SIE DURCH DIE SPALTEN, RITZEN UND DUNKLEN WINKEL DER BURG.

DA DIE LORDS UND LADYS DEN KLEINEN GRAUEN MÄUSEN KEINE BEACHTUNG SCHENKTEN, HÖRTE ARYA ALLE MÖGLICHEN GEHEIMNISSE, INDEM SIE NUR DIE OHREN OFFENHIELT, WÄHREND SIE IHRE ARBEIT VERRICHTETE.

DIE HÜBSCHE PIA AUS DER VORRATSKAMMER WAR EINE SCHLAMPE, DIE MIT JEDEM RITTER DER BURG INS BETT GING.

LORD LEFFERT SPOTTETE BEI TISCH ÜBER DIE GEISTER, DOCH SCHLIEF ER STETS NUR MIT EINER BRENNENDEN KERZE NEBEN DEM BETT.

DIE KÖCHE VERACHTETEN SER HARYS SWYFT UND SPUCKTEN IMMER IN SEIN ESSEN.

EINMAL HÖRTE SIE SOGAR, WIE MAESTER TOTHMURES DIENSTMÄDCHEN IHREM BRUDER EINE NACHRICHT ANVERTRAUTE, DIE BESAGTE, JOFFREY WÄRE EIN BASTARD UND GAR NICHT DER RECHTMÄSSIGE KÖNIG.

LORD TYWIN LIESS IHN DEN BRIEF *VERBRENNEN* UND SCHWÖREN, SO ETWAS NIE WIEDER ZU BEHAUPTEN, FLÜSTERTE DAS MÄDCHEN.

IMMER WIEDER WURDE ÜBER BERIC DONDARRION GESPROCHEN.

EIN DICKER BOGENSCHÜTZE SAGTE EINMAL, ER WÄRE VOM BLUTIGEN MUMMENSCHANZ ERSCHLAGEN WORDEN, ABER DIE ANDEREN LACHTEN NUR.

ARYA WUSSTE NICHT, WAS DER BLUTIGE MUMMENSCHANZ WAR, BIS 14 TAGE SPÄTER DIE EIGENTÜMLICHSTE TRUPPE, DIE SIE JE GESEHEN HATTE, IN HARRENHAL EINTRAF.

VON DENEN SOLLTEST DU DICH BESSER **FERNHALTEN**, WIESEL.

WER IST DAS?

DAS SIND DIE FUSSLEUTE, MÄDCHEN. *DIE ZEHEN DER ZIEGE. LORD TYWINS BLUTIGER MUMMENSCHANZ.*

ERBSEN STATT VERSTAND. ES SIND SÖLDNER, WIESELMÄDCHEN. SIE NENNEN SICH *DIE TAPFEREN KAMERADEN.*

SPRICH JA NICHT IHRE ANDEREN NAMEN AUS, WENN SIE DICH HÖREN KÖNNEN, ODER SIE TUN DIR SCHRECKLICHES AN. DER MIT DEM ZIEGENHELM IST IHR HAUPTMANN, *LORD VARGO HOAT.*

ER IST **KEIN** VERDAMMTER LORD, NUR EIN **SÖLDNER** MIT SABBERMAUL UND EINER VIEL ZU HOHEN MEINUNG VON SICH.

MAG SEIN, ABER **SIE** SOLLTE IHN BESSER MIT **LORD** ANSPRECHEN, WENN SIE IHRE GLIEDMASSEN BEHALTEN WILL.

DER BLUTIGE MUMMENSCHANZ BLIEB NICHT LANGE IN HARRENHAL, ABER BEVOR SIE WIEDER AUFBRACHEN, HÖRTE ARYA EINEN VON IHNEN SAGEN, DASS EINE NORDMANNARMEE UNTER ROOSE BOLTON DIE RUBINFURT DES TRIDENT BESETZT HATTE.

ARYA HATTE NICHT GEWUSST, DASS IHR BRUDER SO NAH WAR. BEI DER VORSTELLUNG, ROBB WIEDERZUSEHEN, MUSSTE SIE SICH AUF DIE LIPPE BEISSEN.

„UND ICH WILL AUCH JON SEHEN, UND BRAN UND RICKON UND MUTTER. SOGAR SANSA …"

„ICH WERDE SIE KÜSSEN UND UM VERGEBUNG BITTEN WIE EINE RICHTIGE LADY. DAS WIRD IHR GEFALLEN."

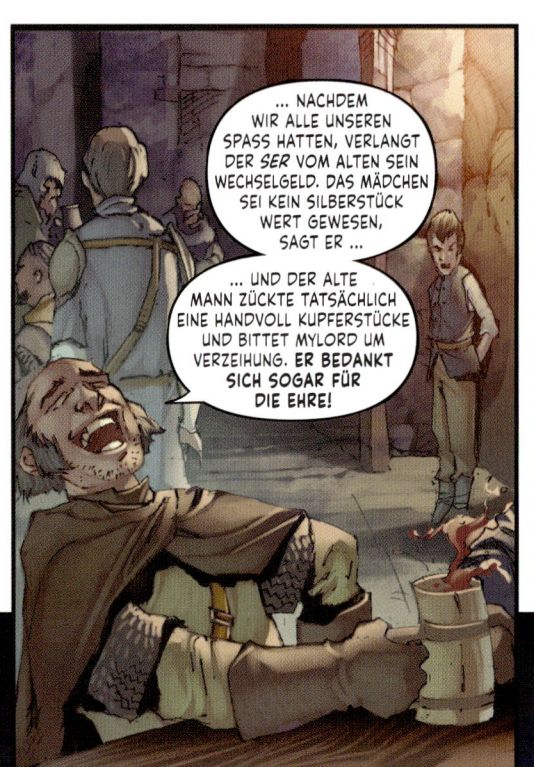

KAPITEL #16

TYRION

CATELYN

EIN RISS VERLIEF DURCH EIN AUGE DER MUTTER, SODASS ES AUSSAH, ALS WÜRDE SIE WEINEN.

HABEN DIR DEINE ALTEN GÖTTER JE GEANTWORTET, NED? HABEN SIE DICH ANGEHÖRT, WENN DU VOR DEM HERZBAUM KNIETEST?

LADY MINISA TULLY WAR IM KINDBETT GESTORBEN, ALS SIE VERSUCHTE, LORD HOSTER EINEN ZWEITEN SOHN ZU GEBÄREN. DER SÄUGLING HATTE ES AUCH NICHT ÜBERLEBT, UND DANACH WAR IHR VATER NICHT MEHR DERSELBE GEWESEN.

DIE STATUEN IN DEN GROSSEN SEPTEN DER STÄDTE TRUGEN STETS DIE GESICHTER, DIE DIE STEINMETZE IHNEN GEGEBEN HATTEN ... ABER DIESE KOHLE-ZEICHNUNGEN WAREN SO SCHLICHT, DASS SIE **JEDEN** DARSTELLEN KONNTEN.

DAS GESICHT DES VATERS ERINNERTE SIE AN IHREN VATER, DER IN SCHNELLWASSER AUF DEM STERBEBETT LAG.

ICH WAR NICHT EINMAL AN NEDS SEITE, ALS ER STARB.

ALS SIE IHM DEN KOPF ABSCHLUGEN, HÄTTEN SIE MICH AUCH TÖTEN SOLLEN ...

BETET CERSEI AUCH ZU DIR, MYLADY?

DER KRIEGER WAR RENLY UND STANNIS, ROBB UND ROBERT, JAIME LENNISTER UND JON SCHNEE. SIE GLAUBTE SOGAR, FÜR EINEN AUGENBLICK ARYA IN DEN LINIEN ZU ERKENNEN ...

HÄTTE ER GEWUSST, DASS DER JUNGE JAIMES **SPROSS** WAR, HÄTTE ER IHN ZUSAMMEN MIT SEINER MUTTER ZUM TODE VERURTEILT, UND NIEMAND HÄTTE ES IHM VERDENKEN KÖNNEN.

BASTARDE WAREN NICHTS UNGEWÖHNLICHES, ABER **INZEST** STELLTE IN DEN AUGEN DER ALTEN WIE DER NEUEN GÖTTER EINE SCHRECKLICHE SÜNDE DAR, UND DIE KINDER DERARTIGER VERRUCHTHEIT GALTEN SOWOHL IN DER SEPTA ALS AUCH IM GÖTTERHAIN ALS ABSCHEULICHKEITEN.

DER RAUCH LIESS IHRE AUGEN BRENNEN.

ALS SIE ABERMALS ZUR MUTTER AUFBLICKTE, MEINTE SIE, IHRE MUTTER DARIN ZU SEHEN.

DIE DRACHENKÖNIGE HATTEN BRUDER UND SCHWESTER VERHEIRATET, ABER SIE WAREN VOM BLUT DES ALTEN VALYRIA, WO DIESE SITTEN GEBRÄUCHLICH WAREN, UND WIE IHRE DRACHEN LEGTEN AUCH DIE TARGARYEN WEDER VOR MENSCHEN NOCH GÖTTERN RECHENSCHAFT AB.

WIE ANDERS UNSER LEBEN VERLAUFEN WÄRE, WENN SIE ÜBERLEBT HÄTTE.

CATELYN FRAGTE SICH, WAS LADY MINISA DENKEN MOCHTE, WENN IHRE ÄLTESTE TOCHTER VOR IHR KNIETE.

ICH BIN SO VIELE MEILEN GEREIST, UND WOFÜR? ICH HABE MEINE TÖCHTER VERLOREN, ROBB WILL MICH NICHT AN SEINER SEITE HABEN, UND BRAN UND RICKON HALTEN MICH GEWISS FÜR EINE KALTHERZIGE, SCHLECHTE MUTTER.

BRAN WEISS ES AUCH.

BEI DEN GÖTTERN. ER MUSS ETWAS GESEHEN ODER GEHÖRT HABEN. DARUM HAT MAN VERSUCHT, IHN IN SEINEM BETT ZU ERMORDEN.

CERSEI WAR EINE MUTTER, WER IMMER AUCH DER VATER IHRER KINDER SEIN MOCHTE. SIE HATTE IHRE TRITTE IM BAUCH GESPÜRT, SIE UNTER SCHMERZEN UND BLUT ZUR WELT GEBRACHT, SIE AN IHRER BRUST GESTILLT. WENN SIE WIRKLICH VON JAIME WAREN ...

CATELYN HATTE IN WINTERFELL GENUG VON ROBERT BARATHEON GESEHEN, UM ZU WISSEN, DASS DER KÖNIG JOFFREY KEINE LIEBE ENTGEGENGEBRACHT HATTE.

LEITE MICH, WEISE DAME. ZEIGE MIR DEN WEG, DEN ICH BESCHREITEN MUSS, UND LASS MICH AN DEN DUNKLEN ORTEN, DIE VOR MIR LIEGEN, NICHT DEN HALT VERLIEREN.

MYLADY ...

... VERZEIHT, ABER DIE ZEIT IST UM. WIR MÜSSEN VOR ANBRUCH DER DÄMMERUNG WIEDER ZURÜCK SEIN.

DANKE, SER. ICH BIN BEREIT.

NED MUSSTE DAVON GEWUSST HABEN, EBENSO WIE LORD ARRYN VOR IHM. KEIN WUNDER, DASS DIE KÖNIGIN SIE BEIDE TÖTEN LIESS. „WÜRDE ICH FÜR MEINE KINDER NICHT DASSELBE TUN?"

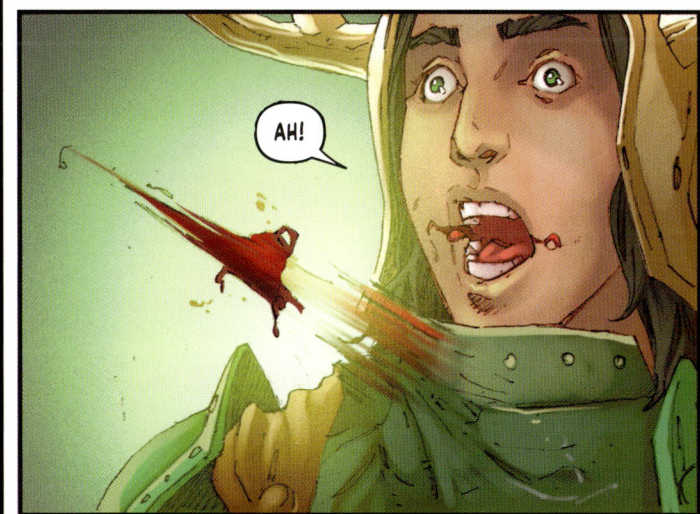

NEIN, *ROBAR*, HÖRT MICH AN! IHR IRRT EUCH. SIE WAR DAS NICHT. *HELFT IHR!*

HÖRT MIR ZU. ES WAR *STANNIS!*

ICH SCHWÖRE ES. IHR KENNT MICH. *STANNIS* HAT IHN GETÖTET.

DER NAME WAR IHR ÜBER DIE LIPPEN GEKOMMEN, BEVOR ES IHR ÜBERHAUPT BEWUSST GEWESEN WAR, ABER SIE WUSSTE SOFORT, DASS ES DER **WAHRHEIT** ENTSPRACH.

AUSGABE #9 COVER B
Zeichner: Mel Rubi • Farben: Omi Remalante, Jr.

AUSGABE #10 COVER B
Zeichner: Mel Rubi • Farben: Omi Remalante, Jr.

AUSGABE #11 COVER B
Zeichner: Mel Rubi • Farben: Omi Remalante, Jr.

AUSGABE #12 COVER B
Zeichner: Mel Rubi • Farben: Omi Remalante, Jr.

AUSGABE #13 COVER B
Zeichner: Mel Rubi • Farben: Omi Remalante, Jr.

AUSGABE #14 COVER B
Zeichner: Mel Rubi • Farben: Omi Remalante, Jr.

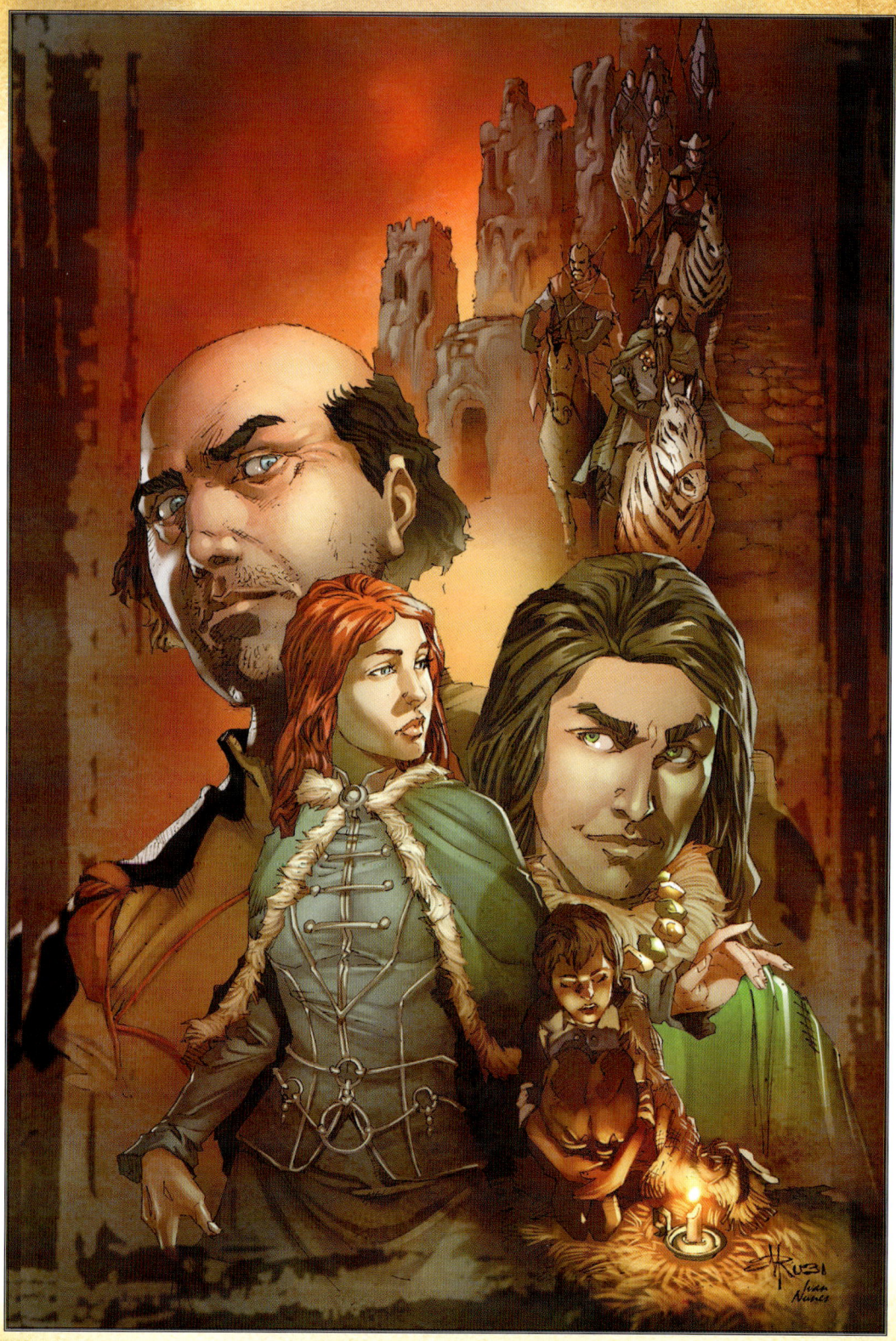

AUSGABE #15 COVER B
Zeichner: Mel Rubi • Farben: Omi Remalante, Jr.

AUSGABE #16 COVER B
Zeichner: Mel Rubi • Farben: Omi Remalante, Jr.

AB NOVEMBER NEU IM BUCHHANDEL – JETZT SCHON VORBESTELLEN!

Mit über 500 Artworks aus *Diablo*, *Diablo II*, *Diablo III* und *Diablo IV* präsentiert dieses Buch zahlreiche bemerkenswerte Kunstwerke, die für das ikonische Action-Rollenspiel von Blizzard Entertainment kreiert wurden, das Generationen von Fans ewig währende Albträume beschert hat.

The Art of Diablo
Hardcover, ISBN 978-3-8332-3835-2

Jedes legendäre Kapitel der *Warcraft*-Historie ist geprägt von atemberaubenden Cinematics – von Filmsequenzen in spektakulärer Hollywood-Qualität. *The Cinematic Art of World of Warcraft* bietet einen umfassenden Einblick in das visuelle Design und die Erzähltechniken, die Azeroth und seine Helden in diesen Kurzfilmen so unglaublich detailliert zum Leben erwecken.

The Cinematic Art of World of Warcraft
Hardcover, ISBN 978-3-8332-3836-9

© 2019 Blizzard Entertainment. All Rechte vorbehalten.

PANINI BOOKS
www.paninibooks.de

BEGEBT EUCH AUF EINE WAHRHAFT EPISCHE REISE

The Elder Scrolls

Dieses wundervoll gestaltete, offizielle Kochbuch zur preisgekrönten **Elder Scrolls**-Videospielreihe von den Bethesda Game Studios unterstützt jeden kochwütigen Fan der Saga dabei, all die köstlichen Speisen und Getränke zuzubereiten, die man in Himmelsrand, Morrowind und jenseits davon findet. Mit diesen Rezepten aus allen Winkeln Tamriels kommen ab sofort die typischen Gerichte der Nord, der Bosmer, der Khajiit, der Argonianer und vieler anderer Rassen im Handumdrehen auf den heimischen Tisch.

Egal ob mit der herbsäuerlichen Schneebeeren-Crostata, den herzhaften
Bosmer-Bissen oder dem legendären Schwarz-Dorn-Met ...
Mit über siebzig leicht verständlichen Rezepten für Speisen und Getränke quer durch sämtliche Fähigkeitsstufen hält **The Elder Scrolls: Das offizielle Kochbuch** für so ziemlich jedes Drachenblut etwas ganz Besonderes bereit!

Schlemmen wie im Mittelalter!

THE ELDER SCROLLS
Das offizielle Kochbuch
Rezepte aus Himmelsrand,
Morrowind und ganz Tamriel
ISBN 978-3-8332-3777-5

Ab Juni im Buchhandel erhältlich!

© 2019 BETHESDA SOFTWORKS LLC, A ZENIMAX MEDIA COMPANY. ALL RIGHTS RESERVED.

www.paninibooks.de